Götter, Helden und Wieland

Johann Wolfgang Goethe

Urheberrecht © 2022 Culturea
Verlag: Culturea (34, Herault)
Druck: BOD - In de Tarpen 42, Norderstedt (Deutschland)
ISBN: 9782385083496
Erscheinungsdatum: September 2022
Layout und Design: https://reedsy.com/
Dieses Werk wurde mit der Schrift Bauer Bodoni komponiert
Alle Rechte für alle Länder vorbehalten.

Eine Farce

Merkurius am Ufer des Kozytus mit zwei Schatten.

MERKURIUS. Charon! he, Charon! Mach, daß du rüberkommst. Geschwind! Meine Leutchen da beklagen sich zum Erbarmen, wie ihnen das Gras die Füße netzt und sie den Schnuppen kriegen.

CHARON. Saubre Nation! Woher? Das ist einmal wieder von der rechten Rasse. Die könnten immer leben.

MERKURIUS. Droben reden sie umgekehrt. Doch mit allem dem war das Paar nicht unangesehen auf der Oberwelt. Dem Herrn Literator hier fehlt nichts als seine Perücke und seine Bücher und der Megäre da nur Schminke und Dukaten. Wie steht's drüben?

CHARON. Nimm dich in acht, sie haben dir's geschworen, wenn du hinüberkommst.

MERKURIUS. Wieso?

CHARON. Admet und Alceste sind übel auf dich zu sprechen, am ärgsten Euripides. Und Herkules hat dich im Anfall seiner Hitze einen dummen Buben geheißen, der nie gescheit werden würde.

MERKURIUS. Ich versteh kein Wort davon.

CHARON. Ich auch nicht. Du hast in Deutschland jetzt ein Geträtsch mit einem gewissen Wieland?

MERKURIUS. Ich kenn so keinen.

CHARON. Was schiert's mich? Gnug, sie sind fuchswild.

MERKURIUS. Laß mich in Kahn, ich will mit hinüber, muß doch sehen, was gibt.

Sie fahren über.

EURIPIDES. Es ist nicht fein, daß du's uns so spielst. Alten guten Freunden und deinen Brüdern und Kindern. Dich mit Kerls zu gesellen, die keine Ader griechisch Blut im Leibe haben, und an uns zu necken und neidschen, als wenn uns noch was übrig wäre außer dem bißchen Ruhm und dem Respekt, den die Kinder droben für unserm Bart haben.

MERKURIUS. Beim Jupiter, ich versteh Euch nicht.

LITERATOR. Sollte etwa die Rede vom Deutschen Merkur sein?

EURIPIDES. Kommt Ihr daher? Ihr bezeugt's also?

LITERATOR. O ja, das ist jetzo die Wonne und Hoffnung von ganz Deutschland, was der Götterbote für goldne Papierchen der Aristarchen und Aoiden herumträgt.

EURIPIDES. Da hört ihr's. Und mir ist übel mitgespielt in denen goldenen Blättchens.

LITERATOR. Das nicht sowohl, Herr W. zeigt nur, daß er nach Ihnen habe wagen dürfen, eine »Alceste« zu schreiben; und daß, wenn er Ihre Fehler vermieden und größere Schönheiten aufempfunden, man die Schuld Ihrem Jahrhunderte und dessen Gesinnungen zuschreiben müsse.

EURIPIDES. Fehler! Schuld! Jahrhundert! O du hohes herrliches Gewölbe des unendlichen Himmels! was ist aus uns geworden! Merkur, und du trägst dich damit!

MERKURIUS. Ich stehe versteinert.

ALCESTE. Du bist in übler Gesellschaft, und ich werde sie nicht verbessern. Pfui!

ADMET. Merkur, das hätt ich dir nicht zugetraut.

MERKURIUS. Redt deutlich, oder ich gehe fort. Was hab ich mit Rasenden zu tun!

ALCESTE. Du scheinst betroffen? So höre denn. Wir gingen neulich, mein Gemahl und ich, in dem Hain jenseits des Kozytus, wo, wie du weißt, die Gestalten der Träume sich lebhaft darstellen und hören lassen. Wir hatten uns eine Weile an den phantastischen Gestalten ergötzt, als ich auf einmal meinen Namen mit einem unleidlichen Tone ausrufen hörte. Wir wandten uns. Da erschienen zwei abgeschmackte gezierte hagre blasse Püppchens, die sich einander Alceste! Admet! nannten, voreinander sterben wollten, ein Geklingele mit ihren Stimmen machten als die Vögel und zuletzt mit einem traurigen Gekrächz verschwanden.

ADMET. Es war lächerlich anzusehen. Wir verstunden das nicht, bis erst kurz ein junger Studiosus herunterkam, der uns die große Neuigkeit brachte, ein gewisser Wieland habe uns ungebeten wie Euripides die Ehre angetan, dem Volke unsre Masken zu prostituieren. Und der sagte das Stück auswendig von Anfang bis zu Ende her. Es hat's aber niemand ausgehalten als Euripides, der neugierig und Autor genug dazu war.

EURIPIDES. Ja, und was das schlimmste ist, so soll er in eben den Wischen, die du herumträgst, seine Alceste vor der meinigen herausgestrichen, mich herunter und lächerlich gemacht haben.

MERKURIUS. Wer ist der Wieland?

LITERATOR. Hofrat und Prinzen-Hofmeister zu Weimar.

MERKURIUS. Und wenn er Ganymeds Hofmeister wäre, sollt er mir her. Es ist just Schlafenszeit, und mein Stab führt eine Seele leicht aus ihrem Körper.

LITERATOR. Mir wird's angenehm sein, solch einen großen Mann bei dieser Gelegenheit kennenzulernen.

Wielands Schatten in der Nachtmütze tritt auf.

WIELAND. Lassen Sie uns, mein lieber Jacobi.

ALCESTE. Er spricht im Traum.

EURIPIDES. Man sieht doch, mit was für Leuten er umgeht.

MERKURIUS. Ermuntert Euch! Es ist hier von keinen Jacobis die Rede. Wie ist's mit dem Merkur? Ihrem Merkur? dem Deutschen Merkur?

WIELAND *kläglich*. Sie haben mir ihn nachgedruckt.

MERKURIUS. Was tut uns das, So hört denn und seht.

WIELAND. Wo bin ich? Wohin führt mich der Traum?

ALCESTE. Ich bin Alceste.

ADMET. Und ich Admet.

EURIPIDES. Solltet Ihr mich wohl kennen?

MERKURIUS. Woher? – Das ist Euripides, und ich bin Merkur. Was steht Ihr so verwundert?

WIELAND. Ist das Traum, was ich wie wachend fühle? Und doch hat meine Einbildungskraft niemals solche Bilder hervorgebracht. Ihr Alceste? Mit dieser Taille! Verzeiht! Ich weiß nicht, was ich sagen soll.

MERKURIUS. Die eigentliche Frage ist, warum Ihr meinen Namen prostituiert und diesen ehrlichen Leuten zusammen so übel begegnet.

WIELAND. Ich bin mir nichts bewußt. Was Euch betrifft, Ihr könntet, dünkt mich, wissen, daß wir Euerm Namen keine Achtung schuldig sind. Unsre Religion verbietet uns, irgendeine Wahrheit, Größe, Güte,

Schönheit anzuerkennen und anzubeten außer ihr. Daher sind Eure Namen wie Eure Bildsäulen zerstümmelt und preisgegeben. Und ich versichre Euch, nicht einmal der griechische Hermes, wie ihn uns die Mythologen geben, ist mir je dabei in Sinn gekommen. Man denkt gar nichts dabei. Es ist, als wenn einer sagte: Recueil, Portefeuille.

MERKURIUS. Es ist doch immer mein Name.

WIELAND. Haben Sie niemals Ihre Gestalt mit Flügeln an Haupt und Füßen, den Schlangenstab in der Hand, sitzend auf Warenballen und Tonnen, im Vorbeigehn auf einer Tabaksbüchse figurieren sehn?

MERKURIUS. Das läßt sich hören. Ich sprech Euch los. Und ihr andern werdet mich künftig ungeplagt lassen. So weiß ich, war auf dem letzten Maskenballe ein gnädiger Herr, der über seine Hosen und Weste noch einen fleischfarbnen Jobs gezogen hatte und vermittelst Flügeln an Haupt und Sohlen seine Molchsgestalt für einen Merkurius an Mann bringen wollte.

WIELAND. Das ist die Meinung. Sowenig mein Vignettenschneider auf Eure Statue Rücksicht nahm, die Florenz aufbewahrt, sowenig auch ich.

MERKURIUS. So gehabt Euch wohl. Und so seid Ihr überzeugt, daß der Sohn Jupiters noch nicht so bankrutt gemacht hat, um sich mit allerlei Leuten zu assoziieren.

Merkurius ab.

WIELAND. So empfehl ich mich dann.

EURIPIDES. Nicht uns so. Wir haben noch erst ein Glas zusammen zu leeren.

WIELAND. Ihr seid Euripides, und meine Hochachtung für Euch hab ich öffentlich gestanden.

EURIPIDES. Viel Ehre! Es fragt sich, inwiefern Euch Eure Arbeit berechtigt, von der meinigen Übels zu reden. Fünf Briefe zu schreiben, um Euer Drama, das so mittelmäßig ist, daß ich als kompromittierter Nebenbuhler fast drüber eingeschlafen bin, Euern Herren und Damen nicht allein vorzustreichen, das man noch verzeihen könnte, sondern den guten Euripides als einen verunglückten Mitstreiter hinzustellen, dem Ihr den Rang abgelaufen habt.

ADMET. Ich will's Euch gestehen, Euripides ist auch ein Poet, und ich habe mein Tage die Poeten für nichts mehr gehalten, als sie sind. Aber ein braver Mensch ist er, und unser Landsmann. Es hätte Euch doch sollen bedenklich scheinen, ob der Mann, der geboren wurde, da Griechenland den Xerxes bemeisterte, der ein Freund des Sokrates war, dessen Stücke eine Würkung auf sein Jahrhundert hatten wie Eure wohl schwerlich, ob der Mann nicht eher die Schatten von Alceste und Admet habe herbeibeschwören können als Ihr. Das verdiente einige ahndungsvolle Ehrfurcht. Der zwar Euer ganzes aberweises Jahrhundert von Literatoren nicht fähig ist.

EURIPIDES. Wenn Eure Stücke einmal soviel Menschen das Leben gerettet haben als meine, dann sollt Ihr auch reden.

WIELAND. Mein Publikum, Euripides, ist nicht das Eurige.

EURIPIDES. Das ist die Sache nicht. Von meinen Fehlern und Unvollkommenheiten ist die Rede, die Ihr vermieden habt.

ALCESTE. Daß ich's Euch sage als ein Weib, die eh ein Wort reden darf, daß es nicht auffällt. Eure Alceste mag gut sein und Eure Weibchen und Männchen amüsiert, auch wohl gekützelt haben, was Ihr Rührung nennt. Ich bin drüber weggegangen, wie man von einer verstimmten Zither wegweicht. Des Euripides seine hab ich doch ganz ausgehört, mich manchmal drüber gefreut und auch drüber gelächelt.

WIELAND. Meine Fürstin.

ALCESTE. Ihr solltet wissen, daß Fürsten hier nichts gelten. Ich wünschte, Ihr könntet fühlen, wieviel glücklicher Euripides in Ausführung unsrer Geschichte gewesen als Ihr. Ich bin für meinen Mann gestorben; wie und wo, das ist nicht die Frage. Die Frage ist von Eurer »Alceste«, von Euripides' »Alceste«.

WIELAND. Könnt Ihr mir absprechen, daß ich das Ganze delikater behandelt habe?

ALCESTE. Was heißt das? Genug, Euripides hat gewußt, warum er eine Alceste aufs Theater bringt. Ihr nicht. Sowenig Ihr die Größe des Opfers, das ich meinem Manne tat, darzustellen wußtet.

WIELAND. Wie meint Ihr das?

EURIPIDES. Laßt mich reden, Alceste. Sieh her, das sind meine Fehler. Ein junger blühender König, ersterbend mitten im Genuß aller

Glückseligkeit. Sein Haus, sein Volk in Verzweiflung, den Guten, Trefflichen zu verlieren, und über dem Jammer Apoll bewegt, den Parzen einen Wechseltod abdringend. Und nun – alles verstummt und Vater und Mutter und Freunde und Volk – alles – und er lechzend am Rande des Tods, umherschauend nach einem willigen Auge, und überall Schweigen – bis sie auftritt, die Einzige, ihre Schönheit und Kraft aufzuopfern dem Gatten, hinunterzusteigen zu den hoffnungslosen Toten.

WIELAND. Das hab ich alles auch.

EURIPIDES. Nicht gar. Eure Leute sind erstlich alle zusammen aus der großen Familie, der ihr Würde der Menschheit, ein Ding, das Gott weiß woher abstrahiert ist, zum Erbe gegeben habt, ihr Dichter auf unsern Trümmern! Sie sehn einander ähnlich wie die Eier, und Ihr habt sie zum unbedeutenden Breie zusammengerührt. Da ist eine Frau, die für ihren Mann sterben will, ein Mann, der für seine Frau sterben will, ein Held, der für sie beide sterben will, daß nichts übrigbleibt als das langweilige Stück Parthenia, die man gerne wie den Widder aus 'em Busche bei den Hörnern kriegte, um dem Elend ein Ende zu machen.

WIELAND. Ihr seht das anders an als ich.

ALCESTE. Das vermut ich. Nur sagt mir: was war Alcestens Tat, wenn ihr Mann sie mehr liebte als sein Leben? Der Mensch, der sein ganzes Glück in seiner Gattin genösse, wie Euer Admet, würde durch ihre Tat in den doppelt bittern Tod gestürzt werden. Philemon und Baucis erbaten sich zusammen den Tod, und euer Klopstock, der doch immer unter euch ein Mensch ist, läßt seine Liebenden wetteifern – »Daphnis, ich sterbe zuletzt«. Also mußte Admet gerne leben, sehr gerne leben, oder ich war – was? – eine Komödiantin – ein Kind – genug, macht aus mir, was Euch gefällt.

ADMET. Und den Admet, der Euch so ekelhaft ist, weil er nicht sterben mag. Seid Ihr jemals gestorben? Oder seid Ihr jemals ganz glücklich gewesen? Ihr redt wie großmütige Hungerleider.

WIELAND. Nur Feige fürchten den Tod.

ADMET. Den Heldentod, ja! Aber den Hausvatertod fürchtet jeder, selbst der Held. So ist's in der Natur. Glaubt Ihr denn, ich würde mein Leben geschont haben, meine Frau dem Feinde zu entreißen, meine Besitztümer zu verteidigen? Und doch –

WIELAND. Ihr redet wie Leute einer andern Welt, eine Sprache, deren Worte ich vernehme, deren Sinn ich nicht fasse.

ADMET. Wir reden Griechisch. Ist Euch das so unbegreiflich? Admet –

EURIPIDES. Ihr bedenkt nicht, daß er zu einer Sekte gehört, die allen Wassersüchtigen, Auszehrenden, an Hals und Bein tödlich Verwundeten einreden will, tot würden ihre Herzen voller, ihre Geister mächtiger, ihre Knochen markiger sein. Das glaubt er.

ADMET. Er tut nur so. Nein, Ihr seid noch Mensch genug, Euch zu Euripides' Admeten zu versetzen.

ALCESTE. Merkt auf, und fragt Eure Frau darüber.

ADMET. Ein junger, ganz glücklicher, wohlbehaglicher Fürst, der von seinem Vater Reich und Erbe und Herde und Güter empfangen hatte und drinne saß mit Genüglichkeit und genoß und ganz war und nichts bedurfte als Leute, die mit ihm genossen, und sie, wie natürlich, fand und des Hergebens nicht satt wurde und alle liebte, daß sie ihn lieben sollten, und sich Götter und Menschen so zu Freunden gemacht hatte, und Apoll den Himmel an seinem Tische vergaß – der sollte nicht ewig zu leben wünschen! – Und der Mensch hatte auch eine Frau –

ALCESTE. Ihr habt eine und begreift das nicht. Ich wollte das dem schwarzaugigen jungen Ding dort begreiflich machen. Schöne Kleine, willst du ein Wort hören?

DAS MÄDCHEN. Was verlangt Ihr?

ALCESTE. Du hattest einen Liebhaber.

MÄDCHEN. Ach ja!

ALCESTE. Und liebtest ihn von Herzen, so daß du in mancher guten Stunde Beruf fühltest, für ihn zu sterben?

MÄDCHEN. Ach und ich bin um ihn gestorben. Ein feindseliges Schicksal trennte uns, das ich nicht lang überlebte.

ALCESTE. Da habt Ihr Eure Alceste, Wieland. Nun sage mir, liebe Kleine, du hattest Eltern, die sich zärtlich liebten?

MÄDCHEN. Gegen unsre Liebe war's kein Schatten. Aber sie ehrten einander von Herzen.

ALCESTE. Glaubst du wohl, wenn deine Mutter in Todesgefahr gewesen wäre und dein Vater hätte für sie mit seinem Leben bezahlt, daß sie's mit Dank angenommen hätte?

MÄDCHEN. Ganz gewiß.

ALCESTE. Und wechselsweise, Wieland, ebenso, da habt Ihr Euripidens Alceste.

ADMET. Die Eurige wäre denn für Kinder, die andere für ehrliche Leute, die schon ein bis zwei Weiber begraben haben. Daß Ihr nun mit Eurem Auditorio sympathisiert, ist nötig und billig.

WIELAND. Laßt mich, Ihr seid widersinnige rohe Leute, mit denen ich nichts gemein habe.

EURIPIDES. Erst höre mich noch ein paar Worte.

WIELAND. Mach's kurz.

EURIPIDES. Keine fünf Briefe, aber Stoff dazu. Das, worauf Ihr Euch soviel zugute tut, ein Theaterstück so zu lenken und zu runden, daß es sich sehen lassen darf, ist ein Talent, ja, aber ein sehr geringes.

WIELAND. Ihr kennt die Mühe nicht, die's kostet.

EURIPIDES. Du hast ja genug davon vorgeprahlt, daß alles, wenn man's bei Licht besieht, nichts ist als eine Fähigkeit, nach Sitten und Theaterkonventionen und nach und nach aufgeflickten Statuten Natur und Wahrheit zu verschneiden und einzugleichen.

WIELAND. Ihr werdet mich das nicht überreden.

EURIPIDES. So genieße deines Ruhms unter den Deinigen und laß uns in Ruh.

ADMET. Begib dich zur Gelassenheit, Euripides! Die Stellen, an denen er deiner spottet, sind so viel Flecken, mit denen er sein eigen Gewand beschmitzt. Wär er klug und er könnte sie und die Noten zum Shakespeare mit Blut abkaufen, er würde es tun. So stellt er sich dar und bekennt: da hab ich nichts gefühlt.

EURIPIDES. Nichts gefühlt bei meinem Prolog, der ein Meisterstück ist. Ich darf wohl von meiner Arbeit so reden, tust du's ja. Du fühlst nichts, da du in den gastoffnen Hof Admetens trittst.

ALCESTE. Er hat keinen Sinn für Gastfreiheit, hörst du ja.

EURIPIDES. Und auf der Schwelle begegnet dir Apollo, die freundliche Gottheit des Hauses, die, ganz voll Liebe zum Admet, ihn erst dem Tod entreißt und nun, o Jammer! sein bestes Weib für ihn dahingegeben sieht. Er kann nichts weiter retten und entfernt sich wehmütig, daß nicht die Gemeinschaft mit Toten seine Reinigkeit beflecke. Da tritt herein, schwarz gehüllt, das Schwert ihrer heimtückischen Macht in der Faust, die Königin der Toten, die Geleiterin zum Orkus, das unerbittliche Schicksal, und schilt auf die gütig verweilende Gottheit, droht schon der Alceste, und Apoll verläßt das Haus und uns. Und wir mit dem verlassenen Chor seufzen: »Ach, daß Äskulap noch lebte, der Sohn Apollos, der die Kräuter kannte und jeden Balsam, sie würde gerettet werden; denn er erweckte die Toten; aber er ist erschlagen von Jupiters Blitz, der nicht duldete, daß jener weckte vom ewigen Schlaf, die in Staub gestreckt hatte nieder sein unerbittlicher Ratschluß.«

ALCESTE. Bist du nicht ganz entrückt gewesen in die Phantasie der Menschen, die aus ihrer Väter Munde vernommen hatten von einem so wundertätigen Manne, dem Macht gegeben war über den allmächtigen Tod? Ist dir nicht da Wunsch, Hoffnung, Glauben aufgegangen: käme einer aus diesem Geschlechte! käme der Halbgott seinen Brüdern zu Hülfe!

EURIPIDES. Und da er nun kommt, nun Herkules auftritt und ruft: »Sie ist tot! tot! Hast sie weggeführt, schwarze gräßliche Geleiterin zum Orkus, hast mit deinem verzehrenden Schwerte abgeweihet ihre Haare. Ich bin Jupiters Sohn und traue mir Kraft zu über dich. An dem Grabe will ich dir auflauschen, wo du das Blut trinkst der abgeschlachteten Totenopfer, fassen will ich dich Todesgöttin, umknüpfen mit meinen Armen, die kein Sterblicher und kein Unsterblicher löset, und du sollst mir herausgeben das Weib, Admetens liebes Weib, oder ich bin nicht Jupiters Sohn.«

HERKULES *tritt auf.* Was redt ihr von Jupiters Sohn? Ich bin Jupiters Sohn.

ADMET. Haben wir dich in deinem Rauschschläfchen gestört?

HERKULES. Was soll der Lärm?

ALCESTE. Ei da ist der Wieland.

HERKULES. Ei wo?

ADMET. Da steht er.

HERKULES. Der! Nun der ist klein genug. Hab ich mir ihn doch so vorgestellt. Seid Ihr der Mann, der den Herkules immer im Munde führt?

WIELAND. Ich habe nichts mit Euch zu schaffen, Koloß.

HERKULES. Bin ich dir als Zwerg erschienen?

WIELAND. Als wohlgestalter Mann mittlerer Größe tritt mein Herkules auf.

HERKULES. Mittlerer Größe! Ich!

WIELAND. Wenn Ihr der Herkules seid, so seid Ihr's nicht gemeint.

HERKULES. Es ist mein Name, und auf den bin ich stolz. Ich weiß wohl, wenn ein Fratze keinen Schildhalter unter den Bären, Greifen und Schweinen finden kann, so nimmt er einen Herkules dazu. Denn meine Gottheit ist dir niemals im Traum erschienen.

WIELAND. Ich gestehe, das ist der erste Traum, den ich so habe.

HERKULES. So geh in dich, und bitte den Göttern ab deine Noten übern Homer, wo wir dir zu groß sind. Das glaub ich, zu groß!

WIELAND. Wahrhaftig, Ihr seid ungeheuer. Ich hab mir Euch niemals so imaginiert.

HERKULES. Was kann ich davor, daß Er so eine engbrüstige Imagination hat. Wer ist denn Sein Herkules, auf den Er sich soviel zugute tut? Und was will er? Für die Tugend! Was heißt die Devise? Hast du die Tugend gesehn, Wieland? Ich bin doch auch in der Welt herumgekommen, und ist mir nichts so begegnet.

WIELAND. Die Tugend, für die mein Herkules alles tut, alles wagt, Ihr kennt sie nicht!

HERKULES. Tugend! Ich hab das Wort erst hier unten von ein paar albernen Kerls gehört, die keine Rechenschaft davon zu geben wußten.

WIELAND. Ich bin's ebensowenig imstande. Doch laßt uns darüber keine Worte verderben. Ich wollte, Ihr hättet meine Gedichte gelesen, und Ihr würdet finden, daß ich selbst die Tugend wenig achte. Sie ist ein zweideutiges Ding.

HERKULES. Ein Unding ist sie wie alle Phantasie, die mit dem Gang der Welt nicht bestehen kann. Eure Tugend kommt mir vor wie ein Zentaur; solang der vor Eurer Imagination herumtrabt, wie herrlich, wie kräftig! und wenn der Bildhauer Euch ihn hinstellt, welch übermenschliche Form! – Anatomiert ihn und findet vier Lungen, zwei Herzen, zwei Mägen. Er stirbt im Augenblicke der Geburt wie ein andres Mißgeschöpf oder ist nie außer Eurem Kopf erzeugt worden.

WIELAND. Tugend muß doch was sein, sie muß wo sein.

HERKULES. Bei meines Vaters ewigem Bart! Wer hat daran gezweifelt? Und mich dünkt, bei uns wohnte sie, Halbgöttern und Helden. Meinst du, wir lebten wie das Vieh, weil eure Bürger sich vor den Faustrechtszeiten kreuzigen? Wir hatten die bravsten Kerls unter uns.

WIELAND. Was nennt Ihr brave Kerls?

HERKULES. Einen, der mitteilt, was er hat. Und der reichste ist der bravste. Hatte einer Überfluß an Kräften, so prügelte er die andern aus. Und versteht sich, ein rechter Mann gibt sich nie mit geringern ab, nur mit seinesgleichen, auch größern wohl. Hatte einer denn Überfluß an

Säften, machte er den Weibern soviel Kinder, als sie begehrten, auch wohl ungebeten. Wie ich denn selbst in einer Nacht funfzig Buben ausgearbeitet habe. Fehlt' es einem denn an beiden und der Himmel hatte ihm, oder auch wohl dazu, Erb und Hab vor Tausenden gegeben, eröffnete er seine Türen und hieß Tausende willkommen, mit ihm zu genießen. Und da steht Admet, der wohl der bravste in diesem Stücke genannt werden kann.

WIELAND. Das meiste davon wird zu unsern Zeiten für Laster gerechnet.

HERKULES. Laster, das ist wieder ein schönes Wort. Dadurch wird eben alles so halb bei euch, daß ihr euch Tugend und Laster als zwei Extrema vorstellt, zwischen denen ihr schwankt. Anstatt euern Mittelzustand als den positiven anzusehn und den besten, wie's eure Bauern und Knechte und Mägde noch tun.

WIELAND. Wenn Ihr diese Gesinnungen in meinem Jahrhunderte merken ließet, man würde Euch steinigen. Haben sie mich wegen meiner kleinen Angriffe an Tugend und Religion so entsetzlich verketzert.

HERKULES. Was ist da viel anzugreifen? Die Pferde, Menschenfresser und Drachen, mit denen hab ich's aufgenommen, mit Wolken niemals, sie wollten eine Gestalt haben, wie sie mochten. Die überläßt ein gescheiter Mann dem Winde, der sie zusammengeführt hat, wieder zu verwehen.

WIELAND. Ihr seid ein Unmensch! ein Gotteslästrer.

HERKULES. Will dir das nicht in Kopf? Aber des Prodikus Herkules, das ist dein Mann. Eines Schulmeisters Herkules. Ein unbärtiger Sylvio am Scheideweg. Wären mir die Weiber begegnet, siehst du, eine unter den Arm, eine unter den, und alle beide hätten mit fortgemußt. Darin ist dein Amadis kein Narr, ich laß dir Gerechtigkeit widerfahren.

WIELAND. Kenntet Ihr meine Gesinnungen, Ihr würdet noch anders denken.

HERKULES. Ich weiß genug. Hättest du nicht zu lang unter der Knechtschaft deiner Religion und Sittenlehre geseufzt, es hätte noch was aus dir werden können. Denn jetzt hängen dir immer noch die scheelen Ideale an. Kannst nicht verdauen, daß ein Halbgott sich betrinkt und ein Flegel ist, seiner Gottheit ohnbeschadet. Und wunder meinst, wie du einen Kerl prostituiert hättest, wenn du ihn untern Tisch oder zum Mädel auf die Streu bringst. Weil Eure Hochwürden das nicht Wort haben wollen.

WIELAND. Ich empfehle mich.

HERKULES. Du möchtest aufwachen. Noch ein Wort. Was soll ich von eines Menschen Verstand denken, der in seinem vierzigsten Jahr ein groß Werks und Wesens draus machen kann und fünf, sechs Bücher vollschreiben, davon, daß ein Maidel mit kaltem Blut kann bei drei, vier Kerls liegen und sie eben in der Reihe herum liebhaben. Und daß die Kerls sich drüber beleidigt finden und doch wieder anbeißen. Ich sehe gar nicht –

PLUTO *inwendig*. He! Ho! Was für ein verfluchter Lärm da draußen. Herkules, dich hört man überall vor. Kann man denn nicht einmal ruhig liegen bei seinem Weibe, wenn sie nichts dagegen hat.

HERKULES. So gehabt Euch wohl, Herr Hofrat.

WIELAND *erwachend*. Sie reden, was sie wollen: mögen sie doch reden, was kümmert's mich.